T0413240

¿QUÉ SIGNIFICA SER MÉDICO?

CHRISTINE HONDERS

PowerKiDS press.

New York

Published in 2020 by The Rosen Publishing Group, Inc.
29 East 21st Street, New York, NY 10010

Copyright © 2020 by The Rosen Publishing Group, Inc.

All rights reserved. No part of this book may be reproduced in any form without permission in writing from the publisher, except by a reviewer.

First Edition

Translator: Ana María García
Editor, Spanish: Natzi Vilchis
Book Design: Michael Flynn

Photo Credits: Cover, p. 1 Hero Images/Getty Images; pp. 4, 6, 8, 10, 12, 14, 16, 18, 20, 22 (background) Apostrophe/Shutterstock.com; p. 5 FatCamera/E+/Getty Images; p. 7 (boy)TheVisualsYouNeed/Shutterstock.com; pp. 7 (girl), 11, 19, 21 wavebreakmedia/Shutterstock.com; p. 9 Stock Montage/Archive Photos/Getty Images; p. 13 megaflopp/Shutterstock.com; p. 15 antoniodiaz/Shutterstock.com; p. 17 Matej Kastelic/Shutterstock.com; p. 22 Sashkin/Shutterstock.com.

Cataloging-in-Publication Data

Names: Honders, Christine.
Title: ¿Qué significa ser médico? / Christine Honders.
Description: New York : PowerKids Press, 2020. | Series: Trabajos que quieren los niños | Includes glossary and index.
Identifiers: ISBN 9781725305601 (pbk.) | ISBN 9781725305625 (library bound) | ISBN 9781725305618 (6 pack)
Subjects: LCSH: Physicians—Juvenile literature. | Physicians—Vocational guidance—Juvenile literature. | Medicine—Vocational guidance—Juvenile literature.
Classification: LCC R690.H66 2020 | DDC 610.69'5—dc23

Manufactured in the United States of America

CPSIA Compliance Information: Batch #CSPK19. For Further Information contact Rosen Publishing, New York, New York at 1-800-237-9932.

CONTENIDO

¿Hay un médico disponible?

Todo el mundo ha ido alguna vez al médico. Vamos cuando nos sentimos enfermos o nos hemos lastimado. A veces vamos solo para asegurarnos de que estamos bien. Los médicos no solo atienden a las personas enfermas. También ayudan a la gente a mantenerse sana.

Qué hacen los médicos

Los médicos han estudiado y saben las causas de las **enfermedades**. Saben cómo **tratar** a las personas enfermas y hacer que se sientan mejor. Los médicos también saben cómo evitar que las personas se enfermen. Además, nos recuerdan que debemos comer de forma saludable y hacer ejercicio.

Un médico de la Antigüedad

Hipócrates fue un médico griego que vivió hace cientos de años. Demostró que algunas enfermedades provenían de causas naturales y que podían ser tratadas por medio de la ciencia. Muchos doctores aprendieron de sus enseñanzas. Hoy en día, es recordado como el Padre de la **Medicina**.

9

¿Dónde trabajan los médicos?

Muchos médicos trabajan en consultorios. Las personas acuden ahí cuando no se sienten bien o quieren hacerse un chequeo. Las **lesiones** y enfermedades graves se tratan en los hospitales. Algunos médicos trabajan en **laboratorios**, donde investigan por qué la gente se enferma.

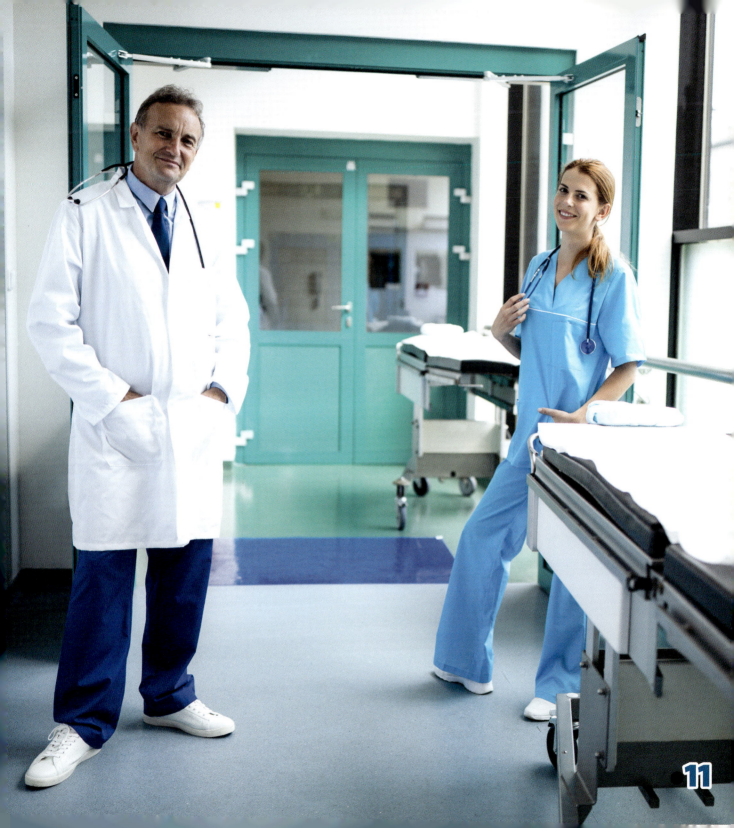

Un día en la vida de un médico

Los médicos pasan la mayor parte del tiempo con **pacientes**. Les hacen preguntas sobre su salud y toman nota de sus respuestas. También analizan la sangre de los pacientes, estudian los resultados y averiguan lo que está mal. Así pueden recetar medicamentos para que los pacientes se sientan mejor.

Diferentes tipos de médico

Hay diferentes tipos de médico. Hay médicos para niños y médicos para personas mayores. Hay médicos para cada parte del cuerpo, como el cerebro, el corazón y la piel.

Por ejemplo, los cirujanos utilizan instrumentos **quirúrgicos** para operar y curar a sus pacientes.

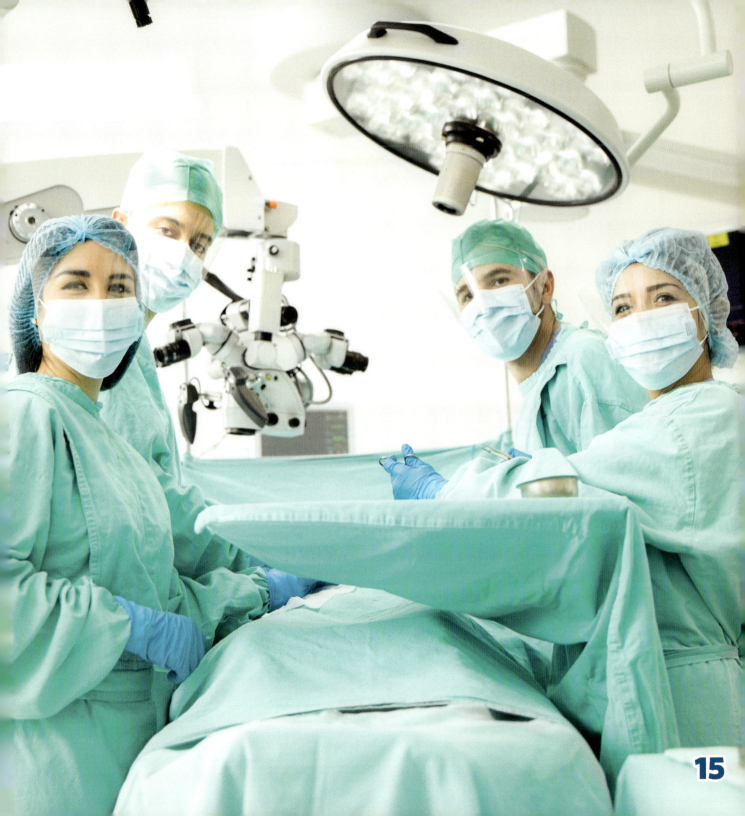

Científicos y maestros

No todos los médicos atienden pacientes. Algunos trabajan en laboratorios elaborando nuevos medicamentos o intentando curar enfermedades como el cáncer. Otros dan clases a estudiantes que quieren ser médicos. En cierto modo, la mayoría de los médicos son maestros; nos enseñan cómo es nuestro cuerpo y cómo mantenerlo sano.

Cómo llegar a ser médico

Para ser médico hay que ir a la universidad. Antes, se deben tomar muchas clases de ciencias. Hay que asistir a la facultad de Medicina durante tres o cuatro años. Después, los nuevos médicos trabajan al lado de médicos con experiencia entre tres y siete años más. La mayor parte de la práctica médica, se recibe en un hospital.

El trabajo de un médico es un trabajo duro

Es difícil ver a personas enfermas todos los días. Muchas veces es **estresante**. Algunos médicos deben tomar decisiones rápidas para salvar vidas. Los médicos se levantan muy temprano y trabajan hasta altas horas de la noche. A veces, no tienen mucho tiempo para estar con su familia.

Un trabajo recompensado

Lo mejor de ser médico es ayudar a la gente. Los médicos salvan vidas y curan enfermedades, pero también quieren que las personas se mantengan sanas. Quieren que nos sintamos bien. ¡Esto hace que valga la pena!

GLOSARIO

enfermedad: problema de salud.

estresante: que causa preocupación o inquietud.

laboratorio: lugar donde se realizan pruebas y experimentos.

lesión: acto que daña o lastima.

medicina: ciencia basada en la prevención, cura o alivio de enfermedades. También es una sustancia que alguien toma para sentirse mejor.

paciente: persona que está bajo el cuidado de un médico.

quirúrgico: que está relacionado con la cirugía. Especialidad médica que cura operando al paciente.

tratar: dar atención médica a alguien.

ÍNDICE

SITIOS DE INTERNET

Debido a que los enlaces de Internet cambian constantemente,
PowerKids Press ha creado una lista de sitios de Internet relacionados con el tema de este libro.
Este sitio se actualiza con regularidad. Por favor, utiliza este enlace para acceder a la lista:
www.powerkidslinks.com/JKW/doctor